自序

去年误入微信中学同学圈，唯一正能量的收获是将我第一首诗的写作时间提前了四年，一位女同学晒出了我初中一年级十三岁时写的一首诗——没错，是我写的，再幼稚也是我写的！但是，提得再前，也只是加长了我的“习作期”时间。如此说来，我诗歌的“习作期”应该是1979年至1987年（竟然长达九年）。我以为，将“习作期”的“习作”拿给读者，对于一个成熟的诗人来说是极不道德的。所以，在此皇皇五卷本《伊沙诗集》中，你们将不会读到任何一首我在这个时期的“习作”，这九年只对我个人的成长有意义。

正如你们在我公开的文字中多次看到的那样，我将1988年以后称作我的“创作期”，这部五卷本《伊沙诗集》收录的便是我自1988年至2016年总共二十九年间创作的将近六千首长短诗作，短诗以诗选的面貌呈现，长诗尽可能地呈现。在过去的一个月里，我经历了一次繁浩、严苛、痛苦的海选，苦不堪言，终于编成这五卷自觉可以示人、可以交付时间的《伊沙诗集》。考虑到无限制超长诗《梦》既无法完整呈现，又不适宜做成一部精选本，便只好忍痛割爱了。

因此，我可以说，这五卷《伊沙诗集》加上已出和待出的三卷《梦》，便等于五十岁以前的伊沙诗歌。

在过去的一个月里，我一方面在苦选，一方面在疯写（创造了诗歌生涯里月写一百一十二首的最高纪录），心中充满了奢侈感与幸福感！充满了万千感慨与深深感恩！在上个世纪末，在我三十三岁那一年，得到过一次出版三卷本《伊沙作品集》（诗卷、散文随笔卷、中短篇小说卷各一卷）的良机；在新诗百年，在我五十岁这一年，又得到了出版五卷本《伊沙诗集》的良机，我怎能说我“命运多舛”？我怎能说我“文运不佳”？我又怎能说我“诗途多艰”？我再这么说的话是不是就太过矫情、太过浮浅了？

“你的命中总有意外！”——多年以前说这话的人正是这五卷本《伊沙诗集》的策划者与出版人沈浩波，由他创办的磨铁图书简直成了新世纪以来我最稳定的出版基地：我的长篇小说几乎全都由它出版，我编、我译的诗集也多在磨铁出版。这一次终于轮到我的诗了，一出就出五卷本！

众所周知，沈浩波是我一生的师弟、朋友、兄弟、战友、同道、知音，是中国当代最懂现代诗的少数几人之一，他不仅仅是卓越的诗人，并且是中国当代文化史上一位举足轻重的人物，在此小序中我只想说一句话：有浩波同行，我纵与千万人为敌，有何惧哉！得磨铁器重，这世界弃我如履，能奈我何！

每一次带有总结性质的编选，对于写作者自身来说都是一次洗礼与升华，何况是将自己半生心血与智慧精华全都抛出去的这一次，我此时此刻的感喟是：纵然这皇皇五卷中所呈现的作品不乏名作、佳作、力作，纵然这些诗作曾对近三十年的中国当代诗潮起到过推波助澜的作用，现在它们将褪去一切光环回到文本自身经受读者又一次的检验！

感谢多年以来不离不弃的亲爱的读者，尽管我深知在这世界上人口最多的国度里，你们只是一小撮儿！只是沧海一粟！但粟不是水分子！

我想告诉你们，即将把此五卷《伊沙诗集》交出去的感觉很怪很酷，是一种赤条条的感觉！五十岁将至，知天命之年需要的大概就是一次赤条条无牵挂的再出发！在这条绝不回头的诗途……

_伊沙_2016.04.05_于西安潇潇雨中

与舌共舞

与众神狂欢

与自由的灵魂同在

诗，是唐的心

_1

兰叶在春天葳蕤
桂花在秋天皎洁

林中的风吹生了
一名隐者的喜悦

以草木自比的人
成了幸福的草木

自比为美人的人
就是堕落的男人

_2

把自己想象成
海上飞来的孤鸿

侧看翡翠鸟
在传说里的三株树上
筑巢
矫矫于珍木之巅

猎人的金丸
神鬼的审判
千夫的所指
全在云之下面

这属于
唐人的想象呵
祖先的浪漫
飞得太高了

_3

当幽居的隐者
归来
醉卧林泉
洗去一身疲倦
独自孤清起来

他可以仰望飞鸟
也可以俯瞰夕阳
情为何物
精又是什么东西
诚更是什么劳什子

唐时的朋友
我已经穿越了你的心情
干吗要了解你的抱负呢

_4

遥想江南
遥想江南有丹橘
遥想丹橘经冬犹绿林
遥想绿林自有岁寒心
然后
感喟命运
慰抚心灵

一个人
一个唐人
在做完这些之后
心绪渐渐平复
好啦
他可以活下去啦

_5

暮从碧山下
山月随人归

人在旅途
在终南山中
他不会忘记
借宿的人家
他会把盛情摆酒的主人
写进自己诗里
这回是一个
复姓斛斯的隐者
如上所述
正是李白的玩法

我醉君复乐
陶然共忘机

_6

在花间一壶酒的现场
一共有三个人
明月、身影和你自己

想要行乐且等春天
这不是你的真话
那就操月亮吧

我欣赏你头发
和裤带的散乱
李白——

醒时同交欢
醉后各分散

_7

在燕草与秦桑之间
在碧丝与绿枝之间

当思妇想极了
远方的老公
她湿润了
这是多么平常的事呵

当干燥的诗人
和春风一起
钻入她的罗帐
以男儿之身
伴其思春

诗人之诗
便因此有了必要的湿润

_8

齐鲁青未了
帝国的山川青未了
对此是不是
还得感激造化

一个人望山
胸中便生满层云
一个人望云
便抖抖双翼
飞成归鸟

我不喜欢
志在高处的男人
我恐惧
高处

_9

杜甫偶有
这样的感觉
终于见到
多年不见
少壮时的朋友
人已经老了
杜甫说
他已一半成鬼
我相信杜甫
这么说时
肯定把自己
也搁了进去

_10

佳人令我垂涎
身陷世事困顿中的
佳人
则会令我心生爱情
这样的事
已不新鲜

只是当冬天到来
在天寒地冻中
她拖着薄薄的翠袖
身倚在日暮时分的
修竹之上
等我还家

我的心不免
随着那根竹子
一起乱颤

_11

身为男人
我总是梦见女人

梦想
用通常的梦境
梦见一个男人
是我求之而终于
不得的事

真能如此的话
我就可做大诗人了
仿佛杜甫
总是一而再
再而三地梦见
李白

_12

冠盖满京华
那还用说吗
斯人独憔悴
那还用说吗

千秋万岁名
就这么定了
寂寞身后事
就这么定了

_13

圣代
是对当朝的溢美
歌功颂德之词

被海上来的和尚
装进盒子
装上了船

带回到日本
成了起给女孩的
名字

_14

大地上不得意的人
终将归隐南山

不要去问他们
什么也不要问

无尽的白云滚滚
遮没了不得意的人

_15

声喧乱石中
色静深波里

是王维的手艺
让我相信了他

我不相信
这仅仅是手艺

我心素已闲
清川澹如此

想留在磐石之上
垂钓到死的人

我该相信做得最巧的人
还是说得最好的人

王维！
王维！

_16

村庄归了
归入斜阳
牛羊归了
归入深巷

野老念牧童
牧童仍未归

野鸡叫时
麦苗秀了
蚕儿睡时
桑叶稀了

田夫荷锄至
相见语依依

知识分子王维
目睹此景
心羡闲逸
怅然低吟——

“式微
式微
胡不归”

真正的诗意
在他的暗示
未归的牧童
正是他自己

_17

唐时的男人
看不惯女人
她出身的贫贱
她日后的荣华
比如王维
就看不惯西施
他在诗中号召
全国的东施
都不要效仿西施

嘘！说到
女人的时刻
正是我的祖先
心智最为低下之时
他们提起皇帝来
更是如此

_18

我早已习惯了
什么登高、雁飞
什么愁起、兴发
天边之树宛若荠菜
江畔之洲宛若月镰
在一首最终写到了
重阳节的诗中
面对这些
我已见惯不惊
险些哈欠连天

可是
这个唐人孟浩然
忽然在不经意间
写出了：心——灭
吓得我从摇椅上
翻将过去

_19

欲取鸣琴弹
恨无知音赏

哦！又是知音

披着散发静候知音
敞着胸怀等待知音

理解祖先之酸吧

寂寞它逼得紧
孤独就是古代的癌症

_20

之子期宿来
孤琴候萝径

也许唐人
真把女人
当东西了
(漂亮的东西)
他们在
男人写给男人
的诗篇里
用的是
我们今天
写给女人的
语气

我不敢
据此断定
他们就是同志

_21

他们经常
会聚在一起
玩一玩月亮
他们经常
会在书房里
睡上一小觉
他们经常
能够注意到
风景的存在
他们经常
感叹时光荏苒
沧海变成桑田
他们经常
以美人自比
越吟越苦
他们经常
在微风里
闻到兰杜的香气

_22

举目遥望
山顶之上
一间茅房

在唐人的
一首诗中
也可以嵌进
如此这般的
意象——

之所以无人
注意到它的存在
不过是因为
它被安置在
草色新雨中
松声晚窗里
以及
寻隐者不遇
的意境中了

_23

幽意
花路
溪口
西壑
南斗
潭烟
林月
说了这么多
无非是想说
世事渺茫
春夜泛舟的人儿
想成为
持竿的老叟

_24

在先人
隐逸的故居
松际露出微月
那清晖还在为他
而照

花影在茅亭中
睡去
满院的芍药
繁衍出青苔

我也谢时而去
我之隐去
是不是一定要
在西山与鸾鹤为群
在天上与神仙为伍

_25

慈恩寺浮图
不就是大雁塔嘛

一个唐人
在七层塔顶
(我想象他
应该是倒挂着)
朝下看见了
高飞的鸟群
俯耳听见了
惊悸的风声

对他而言
这是非同小可的诗意

_26

一个男人
头发乱了

他将为官的困惑
和那些乱七八糟的俗事
写成一首诗

因此他对生命早年
和故乡的怀恋
以及归隐田园的心愿
变得可信了

谁能绝人命
以作时世贤
至少在此处
不仅是格言

_27

苏州刺史的客厅里
宴集的诸文士
在室内清芬的香气中
忽然感受到
海上风雨送来的
些许凉意
开始惭愧
自己居处之华丽
开始感喟
百姓未达之小康
然后
喝上一杯酒
听金玉文章
然后
觉着自个轻了
可以凌风飞去
然后
赞美苏州
物质和精神文明
双丰收

_28

辞别亲爱的朋友
船入烟波浩淼中

归船之上的洛阳人
听见林间传来
扬州古寺的残钟

他不知何时
在何地才能再见
他的这位朋友
并为此而难过

在此之后
他对世事
如波上行船的感叹
显得那么多余

_29

在我体内的山中
就缺一个这样的道士

他在涧底捆扎柴草
归来时又像修行者
煮白石充饥

所以
当我有了给人送酒
的愿望时
也只能把酒
送给闹市中的酒鬼

_30

身在长安
我何以断定
那东方来客
衣上的晶莹
是得自灞上的
一场新雨

问客何为来
采山因买斧

又是一个
不想在城中久留
决意归去的人
又是在去年的
黑发上发现
今春的蚕丝

_31

船停淮边小镇
码头正对驿站

当风起时
夕阳落了

当日落时
江风起了

当人归时
城郭暗了

当城暗时
有人归了

其实真到了
雁下芦洲白的月夜

无人会回味起这些

驿站里的旅人也不会

他在不眠的钟声里

仍在梦长安

_32

长安东郊清新的早晨
我曾那么熟悉

杨柳，有
和风，有
青山，有
微雨，有
芳原，有
春鸠，有
一首唐诗可以调集起来的玩意
统统都有

这是鼻子
为心灵珍存的记忆
空气中还有一缕
田间粪便的气息

可我还是不信

坚决不信

一个散步到此的官员

看了这些

就决意做那陶潜

_33

唐诗里有一首
送女儿出嫁的诗

一个父亲
如何送女儿出嫁
他心里想的什么
嘴里说的什么
行动上如何做的
他承担了什么
他付出了什么

在当代
有人不屑于写
这样的一首诗
(比如说新人类)
但我以为
这是最难写的
一首诗

我写不出来

不是因为
我没女儿
而是因为
它有难度
(知识分子爱提的)

_34

汲井漱寒齿
清心拂尘服的人
就可以读禅经了吧

在道人静极的庭院里
青苔与深竹同色
日出后没有散尽的雾露
为碧翠青松的脸护肤

哦！大概就是
从那一刻起我才悟出
配读禅经的人
必是悟透真源了无取
妄迹世所逐的人

_35

耶！幸亏你们贬我
到南蛮聚集的永州

否则我也不会知道
当我似山民下山时
农田就绿了

耶！幸亏你们贬我
到晓耕夜榜的境地

否则我也不会知道
当我唱长歌一曲时
楚天就碧了

_38

鼓角横吹出
明月出天山，苍茫云海间
鼓角横吹出
长风几万里，吹度玉门关
在高调与长调之外
它无法吹出的是
白登山和青海湾的沉默
吹不出戍客不归的灵魂
他们望乡的愁苦面容
远在故乡的亲人
漫漫长夜的高楼之上
那不绝如缕的声声叹息

_39

这个秦地美女
被讴歌的理由是
她的美丽

她的素手
青条映衬下的玉洁
她的红妆
白日朗照下的鲜艳

如此之美
却有着如此这般的
秦腔道白

“蚕儿饿了
妾身走了
五马太守
快快去吧”

未来歌女
在遥远的未来唱道

“大哥，大哥，大哥
你好吗……”

_40

三百里镜湖的荷花
开在五月
唐人笔下
西施来采
看西施采荷的人们
把若耶溪给挤干了

采荷的人在看荷
看人的人不看荷
但等于是看了荷
荷已经不重要了

人多不自在
发点明星的小脾气
也很应该
真是连爬上东山的
月亮的面子都不给了
掉头回舟
回宫去也

_41

“当月色漂白长安”
李白的《军嫂之歌》
是这样起兴的
“千家万户传出的
洗衣机的声响
似轰鸣之马达”

有所不同的是
这首歌在当时并没有
被皇家军队采纳
也没有获得过任何嘉奖
甚至没有拿到
应得的版税

_42

“为了赶上
明晨出发的驿使
今夜她要在
丈夫的征袍里
铺满白云般
新鲜的棉絮”

在长安城的冬夜
李白还在执拗地
歌颂着他的军嫂——

“素手抽针的冷
冷冷素手已经
握不住一把剪刀”

_43

她

额际的刘海

初次遮住额头的

性感

她

在初欢之夜

面壁而坐

丝巾自行滑落

裸露出如玉双肩的

性感

正是他的故乡金陵

秦淮南岸的

性感

唐时的商人

过瞿塘、穿猿声、下三巴

为做生意哪都敢闯

但最终还是要回到

金陵——

他的性感故乡

_44

梧桐相待老
鸳鸯会双死

树是树的事
鸟是鸟的事

一个男人
不能要求自己的女人

波澜不起
心如枯井

_45

慈母手中线
游子身上衣

母有母的事
子有子的事

一个母亲
可以要求天下的儿子

寸草之心
报三春晖

_46

前不见古人
后不见来者
的幽州台
我来了
拾级而上
猛抬头
见一人
独立台前
侧转身来
像是刚刚哭过
我们漠然相视
四顾无言

哦！在幽州台上
我遇见了
千年以前的
我

_47

我的
少小幽燕客的从前
由来轻七尺
杀人莫敢前
身上的毛发
整日像刺猬那样竖着
直到有一天
来了辽东小妇年十五
惯弹琵琶解歌舞
叫我哇哇大哭
心灵变得柔软

我一直拒绝
在长征的马蹄下
在皇家的军队中
成为一名战士

_48

四月南风
将大麦吹黄
枣花未落
桐叶见长
马眼里的青山
朝辞暮见
马儿嘶鸣
心向故乡

我的朋友陈
坦荡一身
鬈毛一头
腹中藏书一万卷
在野做草莽之臣
今儿中午
他在洛阳东门坐东
请我等吃酒

醉卧不知白日暮
有时空望孤云高

长河浪头连天黑
津吏停舟渡不得
一圈人
喝高之后的轻狂
是免不了的

我们在对故乡的
思念中醒来
酒醒之后
陈所面对的问题
开始变得具体
他焦虑家乡故人
将如何对待
罢官归去的自己

_49

有酒

有月

有星

有烛

有寒鸦

有风霜

有铜炉

也还是不够的

今夜

他要敬告大家

他就要归隐云山的消息

就必须有琴

这样的心事

必须说给琴听

如果奏琴女子

红颜并且知己

那就再好不过啦

_50

一个人弹琴
惊起四郊的落叶
一个人弹琴
妖精也赶来倾听
一个人弹琴
空山百鸟散了又聚
一个人弹琴
万里浮云阴了又晴
一个人弹琴
川为静其波
一个人弹琴
鸟亦罢其鸣
一个人弹琴
长风吹林
一个人弹琴
雨打屋瓦
一个人弹琴
泉水喷到树上
一个人弹琴
野鹿走过堂下

一个人弹琴
让另一人傻等
茶饭不思
玩物丧志

_51

一个人吹管
风中长飙的自由
一个人吹管
枯桑老柏的凛冽
一个人吹管
九雏鸣凤的欢愉
一个人吹管
龙吟虎啸的威仪
一个人吹管
万籁百泉的和谐
一个人吹管
黄云白日的昏暗
一个人吹管
上林繁花的灿烂
一个人吹管
岁夜高堂的明亮
一个人吹管
美酒千杯的热烈
一个人吹管
凉州胡人为我吹
世人解听不解赏

_52

寺钟如墨
泼出之后
天就黑了

渡口似手
一掷就掷出
几多争渡者

村人回村
山人归山
黄昏雾吞吐山树

隐者死后长寂寥
叩响其故居门扉的
依旧是一个隐者

_53

我本楚狂人
凤歌笑孔丘
——抡上这两句
那后世的书生
就可以唏嘘
一千年了

登高壮观天地间
大江茫茫去不还
——再撂上两句
那后世的书生
又可以把玩
五百载了

李白
这皇皇中国
无人解你
好为庐山谣
兴因庐山发
的天真和朴素——

看见美景
就梦想仙境
欲与仙人同游
再带上自家朋友

_54

海客谈瀛州
烟涛微茫信难求
越人语天姥
云霓明灭或可睹

初三年级的语文课
女教师高志华的莺燕之语
也无法阻隔我
进入这种声音

我欲因之梦吴越
一夜飞渡镜湖月
湖月照我影
送我至剡溪

那是我在音乐厅里
无从领略的声音
诗歌的声音
如此本质

霓为衣兮风为马
云之君兮纷纷而来下
虎鼓瑟兮鸾回车
仙之人兮列如麻

那一天李白的舌头
在教室的日光灯架上挂着
明亮的大舌头
像一个璀璨的光团

世间行乐亦如此
古来万事东流水
别君去兮何时还
且放白鹿青崖间
须行即骑访名山

当我放声朗读
真是口感妙极
五年之后才有的初欢体验
让我回味到
好诗之于口腔才有的性高潮

安能摧眉折腰事权贵

使我不得开心颜

这千古一句意思简单
狂放的一面我也从不缺少
只是那声音强大
引我舌勃起——刺出唇外

_55

风吹柳絮
满店香气
金陵的妞
为你压酒
不住地劝

酒可以喝干
你用不着问
那些赶来
送你的后生们
别意与流水的
长短之比

大笔一挥
在金陵酒肆的
留言簿上
写下一首诗
这么做已经
足够

_56

弃我去者
昨日之日不可留
乱我心者
今日之日多烦忧
为了长风
送走秋雁的事
我们可以喝一壶
谈谈蓬莱文章建安骨
我们往后玩什么
自我感觉良好
是免不了的
也是有理由的
为什么不呢
酒是喝不明白的
就算喝明白了
也还得再喝下去
抽刀断水水更流
举杯消愁愁更愁
大伙说说看
俺李白脸上的肉

是多了一点

但披发而歌的样子

还是蛮不错的

是不是呢

_57

一匹马
一匹
冒热气的马
是一匹
长途征战后
汗流浃背
再也跑不动的马

在新疆的雪海边
平沙莽莽黄入天

那匹马
后来变成
一匹白马
一
匹
冰
马

_58

夜吹角
旌头落
烟尘黑
雪海涌
阴山动
云片阔

地下的白骨与草根
死死纠缠
冻石之上
四处可见
被冻掉的
马蹄

自古以来
没有多少人
关心着这些小事
他们世世代代
子子孙孙
誓将报主静边尘
今见功名胜古人

_59

胡天八月飞雪
忽如一夜春风来
千树万树梨花开
是很有意思的

中军置酒饮宾客
动用的是
来自敌方的乐器
胡琴、琵琶与羌笛
是更有意思的

只是到了
送君而去时
雪满天山路
山回路转不见君
雪上空留马蹄印
是没有多大意思的

因为
这马蹄的印迹

也无法确证

你送的人儿他仍在马上

_60

年少时我常在
兴庆宫的湖中游泳
游向湖心岛
然后折回
从未见过
杜甫笔下之黄龙
出没于水中

后来
我曾在一次春游时
到过蒲城东北金粟山
玄宗之泰陵
也没有看见
杜甫笔下之天马
——那龙的媒人
究竟是什么样子

林鸟倒是有几只
叫声与风声相似

_61

一个穷画家
未来的出路
在他过去的光荣里

他画的马
被皇帝挂在御榻边
皇帝的马却呆立庭前

那时一个画家的落魄
将表现为他没有机会
去画天马以及佳士了

屡貌寻常行路人
难道不是一种
天赐的幸运

无须感叹
但看古来盛名下
终日坎壈缠其身

画吧！画吧！

要画就画

穷途之上世人眼中的白

_62

发个伊妹儿给朋友
今我不乐思岳阳
身欲奋飞病在床

发个伊妹儿给朋友
似闻昨者赤松子
恐是汉代韩张良

发个伊妹儿给朋友
美人胡为隔秋水
焉得置之贡玉堂

发个伊妹儿给朋友
国家成败吾岂敢
色难腥腐餐枫香

不，不——
俺只是有些倦了
还有那么一点烦

_63

杜甫
在对着一棵老树抒怀
是一棵柏树
孔明庙前
一棵古柏

大厦如倾要梁栋
万牛回首丘山重
赶紧掩鼻
怎么一股子
老干部的味道

志士幽人莫怨嗟
古来材大难为用
千万老干部
就是顺着老杜这棵树
爬上去的呀

孔明庙前
湿度过大

阴气过重
那是一个中原男人
望着另一个造成的

_64

当我老了
行将就木
或许也会像你一样
在某个平常日子
回想起自己
年少时爱过的
舞姬

但一定不是
来如雷霆收震怒
罢如江海凝清光
的那种感觉
一定不是
她回到我心中的动静
不会那么大

老夫不知其所往
足茧荒山转愁疾
的表现或许会有的
但在此之前

肯定有一次老来
罕有的暗中勃起

像一棵
被野火烧过后的枯树
忽然又长了
夜深人静时它偷着长

_65

状如游鱼的独石
鱼凹处
修之可以贮酒

因之得名的石鱼湖
因之便足以叫人记住
根本不用说
它有点像洞庭湖

夏天水满
君山青了
山为樽，水为沼
一个酒徒眼中的幻景

其实
酒徒历历坐洲岛的真景
才是动人心魄的
如盛大的仪式刚刚开始

休要提愁

那个字已让你我

把多少美酒都喝馊了

_66

蝙蝠偷走了昨日
庙里黄昏的钟声

一人独坐今晨
殿外的台阶上
看一场新雨下透
雨打芭蕉

如此晨昏
置身美景
独乐人生
何苦要做别人
马笼头上的嚼子呢

甚至无须
嗟哉吾党二三子
安得至老不更归

吾党二三子
一种美丽的危险关系

自古以来

不过都是一厢情愿

_67

八月十五的晚上
纤云四卷天无河
清风吹空月舒波

八月十五的晚上
你流放的歌声如此悲苦
你的大赦之书一日万里
累死无数驿马
却终不能够抵达

罢了！罢了！
休要等了
君歌且休听我歌
年明月今宵多
人生由命
有酒不喝的人
怎对得起明月和这
八月十五的晚上

_68

有一年夏天
我坐火车南下
作为一个可笑的
戴旅游帽的人
登上了南岳衡山
因为偷懒
是坐缆车上去的
所以没有看到
衡岳庙以及
你题的门楼

韩愈

有一年春天
我在长安远郊的
首阳山上
安葬我的母亲
墓盖上的祭文
出自我手
从没写过古文

我模仿的是你
祭奠令弟的
那个名篇

韩愈

有一年秋天
那是未来的一年
我生命中就要
来临的秋天
我怎么也不会忘记
你占得一卦好签时
那来自内心的绝裂
因为——
侯王将相望久绝
神纵欲福难为功
因为心死

_69

少陵无人谪仙死
韩愈不敢坐大

孔子西行不到秦
摘到了星星
漏掉了日月
也就一大陋儒耳

王羲之的俗字
骚首弄姿
像个婊子

深夜我读《石鼓歌》
发现韩愈这么想
该同志果然有料
且是猛料

_70

老渔夫将船向晚
向西山下的夜晚

黎明时他打来的是湘水
烧的是楚竹

烟消日出山间
他的身影也跟着消失了

而山水之绿
是从他船上摇出来的

回看天际下中流
岩上白云追逐着白云

_71

骊宫高处入青云

仙乐风飘处处闻

年少时我曾在

奔赴华清池的国道上

歪戴军帽

嘴叼烟卷

飞着自行车

没命地追赶

另一个亡命少年

为我的马子死掐

翠华摇摇行复止

西出都门百余里

追至马嵬坡时

我已经长出了胡子

落魄才子

浪声浪气谈论着

胖美人在皇帝身下

想的是李白

诚如太平公主

总是在性高潮中

口吐出几粒

南国的红豆

_72

如果你是在迁谪途中
泛舟于江湖之上
如果你遇到的夜弹琵琶者
是一位来自长安的娼女
其音铮铮然有京都声
今夜闻君琵琶语
如听仙乐耳暂明
纵然她年长色衰
漂沦憔悴
委身为商人之妇
你也会心生悯然
同是天涯沦落人
相逢何必曾相识
那是你在她的脸上
看到了也在琴声里
听出了你自己
座中泣下谁最多
江州司马青衫湿
老白——
琵琶行，琵琶行

你最终走进的
只能是爱情
末路之上的爱情
天涯尽头的爱情
搁我也是如此

_73

愈拜稷首蹈且舞
金石刻画臣能为
啊呀！韩愈——
韩大师要干傻事了

当其主裴度
平定淮西燕归来
被皇上封赏
身为僚属之韩愈
就有点沉不住气了
赶紧奏请圣上
要为其主立大碑

准了！准了！
碑文自然将出自
韩大师之手
古者世称大手笔
当仁自古有不让
洗手、净心
为撰此文
韩大师动了真气

那些歌功颂德的字儿
已被刻进了石头
那块立起来的碑
又被推掉了
粗沙大石磨平字痕
只为所撰文字
与事实不符

嚯！嚯！嚯！
有人为其鸣不平
鸣不平者李商隐
公之斯文不示后
曷与三五相攀追
他为佳作操心
也为皇帝着急
我为古人操心
也为大师着急
都是他娘的瞎操心干着急

_74

战士军前半生死
美人帐下犹歌舞
军旅诗人高适
你的壮美意境
你的奇特反讽
也难以掩盖
你的混账逻辑
美人帐下歌舞
难道是不该的
难道不是那些
赴死的战士想要的
你想让这些军妓
怎么着呢
皇家军队
买来了她们的身体
难道也一并买来了
她们的眼泪

_75

公主琵琶幽怨消失的尽头
就是你将要前去送命的前方

在那里——
胡雁哀鸣夜夜飞
胡儿眼泪双双落

你的尸骨应该运回的丝路上
空见葡萄送来

_76

洛阳女儿年十五
碧玉小家女
嫁与一大款
把其夫称作狂夫
狂夫富贵在青春
教她歌舞
送她珊瑚
坐的是七香车
吃的是鲤鱼丝
每每妆成
熏香空坐
她常常对着画阁朱楼眺望
望见红桃绿柳垂檐
望尽满城夜夜笙歌
但望不穿唐时洛阳的
繁华一梦
这时候这个小娘子
竟然会想到西施
并将其早年
江头浣纱的贫贱
视作可怜

_77

将军老了
何须请战

当世事蹉跎
变成满头白霜
肘腕像垂杨
一样僵直
当你被弃置

该卖瓜卖瓜
该种柳种柳
该喝酒喝酒
苍茫古木连穷巷
寥落寒山对虚牖
其实都是挺棒的景象

好汉不言当年勇
不必写回忆录
不必写战史
不必给皇帝老儿写信

什么都不必

学做一个无用之人吧
拥有一颗无用的心

_78

自谓经过旧不迷
安知峰壑今来变
当时只记入山深
青溪几度到云林
重返桃源的你要的
大概就是这种感觉

你的选择是对的
宁可不停地重返
也绝不永居此地
仙在仙境
人在人间
秦衣未改的居民
是人还是仙

只有一种可能
你将逃向这里
永不回头
那人间已是地狱
妖魔鬼怪横行
刀山火海遍地

_79

你之感叹噫吁戏
比我之感叹哎呀呀
更近似猿声
是的是的
危乎高哉

蜀道之难难于上青天
如果你是暗指仕途
凶险莫测
请允许我毫无感觉
仕途我不走
不如早还家

嗟尔远道之人胡为乎来哉
只因子规常入梦
啼月夜，愁空山
蜀道之难难于上青天
从长安到锦城
李白，你我共叹的
不过是一条
回故乡之路

_80

长相思，在长安
在粉巷之老树咖啡
或去老树咖啡的路上
美人腰间的蛐蛐叫啦
上有青冥之长天
下有渌水之波澜
纵然梦境相连
灵魂时常相见
身体却老是缺席
长相思，肠胃炎

_81

在落日与新月之间
在含烟的花
和难以入梦的睡眠之间
在赵瑟的凤凰柱
和蜀琴的鸳鸯弦之间
此曲有意无人传
被春风和燕阵捎到了
塞北以北
蒙古境内的杭爱山
当横波之眸
化作涌泪之泉
你听到铮然弦断之声
妾的柔肠断了

_82

好酒好饭伺候着
可我举不起杯呀飞出了筷
拔剑四顾心茫然

一跃上船
黄河就被冻住了
一步踏出
太行就变雪山了
我这永在路上的倒霉蛋呀

闲来垂钓碧溪的
一次香甜午寐中
梦见了船
梦见乘船经过那口边

太阳滚滚而来
歧路爬满大地

_83

大道如青天
我独不得出

长安里巷中
赤鸡白狗赌梨栗的龌龊
你不屑于做
曳裾王门里
弹剑作歌奏苦声的差事
又不那么称情

李白，有件事情
你始终搞错
到死也没整明白
李白不是韩信
李白不是贾谊
李白做不了他们
李白不是那块料
这些都是常识
所以你命中的燕昭王
不会出现
无人更扫黄金台

当然
我不是李白
这也是常识
行路难
归去来
大道如青天
甘愿不得出

_84

君不见黄河之水天上来
奔流到海不复回
君不见高堂明镜悲白发
朝如青丝暮成雪

关于《将进酒》
我还能够说点什么
关于《将进酒》
我又能够写点什么

人生得意须尽欢
莫使金樽空对月
天生我材必有用
千金散尽还复来

这才是我的诗经
它引我从业
并为之献出所有
将我引向必然的失败

与君歌一曲
请君为我倾耳听
钟鼓馔玉不足贵
但愿长醉不复醒
古来圣贤皆寂寞
唯有饮者留其名

颓靡到底的李白
诗中犯混的李白
才是自由的李白
可爱的李白
在冲天的酒气之外
这大汗淋漓的诗歌

主人何为言钱少
径须沽取对君酌
五花马，千金裘
呼儿将出换美酒
与尔同销万古愁

在李白的诗行之间
分明是他的体味
腋下狐臭刺鼻
这古中国唯一没有
被割除汗腺的诗人

_85

如果有人参军入伍
他的家人前往相送
我会不会关心这件事
哭声响彻云霄
目睹那个场面
我会不会为此而动容
而写一首诗

回答是否定的
我的亲人不在其列
还有一个借口
现在没有战争
参军不是送死

所以我只能眼见着
杜甫——这个没长
翅膀的人神也能飞翔
君不见青海头
古来白骨无人收
和李白不一样

他站在平原上

还

能

往

下

飞

_86

三月三日天气新
长安水边多丽人
日子还是
那个日子
天气还是
那种天气
丽人也还有
散落在城中
只是水没了
业已干涸
八水绕长安的
滋润年代
已经一去不返
该城已没了
往昔的灵气
城中到处都是些
灰头土脸的人
我是他们中的一个
并从他们中间穿过

_87

一个姓杜的野老
在春日里潜行至
曲江偏僻的一角
望着江头
那国破之后
遭弃的王宫
他不知细柳新蒲
为谁而绿

他在怀想旧主
与妃子的爱情
渭水东流
剑阁深深
去无消息
人生有情
江花开败
江水无尽

这个黄昏
当胡骑飞驰而过

扬起满城尘土
身在城南的他
仓皇北望
那是唐军
可能打回来的方向

_88

高帝子孙尽隆准
龙种自与常人殊
杜甫啊杜甫
你最大的问题
就是信这个
如果鼻梁高
就该做皇帝
那么安禄山
才是真龙种

我据此认定
中原男人杜甫
是个塌鼻子
所以才全力以赴
安心做诗

_89

唐人眼中的孔子
被一位天子道出
他总是不停地走
他不知为什么走
他生在陬邑大夫的城池
他的宅院曾经是鲁恭王的宫殿
他曾哀叹凤凰不飞自个儿生不逢时
他曾伤感麒麟被猎从此不再写春秋
只有今天两楹之间的祭奠规格
比较合乎他当年做过的梦

他不知为什么走
他总是不停地走

_90

海上生明月
天涯共此时

夜那边情人
抑或有情人

吹灭蜡烛
只为抚爱月光

双臂揽不住
月光的浩大呵

流泻在一个
佳期的梦里

_91

海内是一个词
天涯是一个词
一经王勃说出
个中滋味
就有点不同

知己是一个词
比邻是一个词
一经王勃写明
个中色泽
就有点不同

他只活到二十七岁
二十七年里充斥着故事
一个最具命运感的诗人
就可以做到说什么有什么

无为在岐路
儿女共沾巾
古老的情感我能体会

但从来从来都没有人
像他说的那么新鲜

_92

狱窗之下
一个囚犯举头
望见了秋天
合唱队里的一只蝉
蝉那玄色的翅膀
令满头白发的他
羞煞
他想对蝉说点什么
也不大好意思啦

那是初唐
一个秋天

_93

杜甫的爷爷
杜审言发现
独有宦游人
偏惊物候新
云霞自江面升起
梅柳渡江则春
地气升温
催着黄莺叫
朗照的阳光
使浮萍绿了
老头听到一个
做县吏的老哥
唱出古调
便思乡思得要命
老泪纵横地哭了

如上这些都是被别人
写过了千遍的东西
独有那宦游人三个字
像人脸上的刺青

_94

少妇今春意
良人昨夜情

无非是这样
还能够怎样

谁能将其鼓
一为取龙城

渴望和平者
更渴望战胜

从来没有人
祈败求和平

_95

一个人来到
十月南飞的大雁
到此便不再返回的某地
而他的脚下却无法停步
悲从中来

江静潮初落
林昏瘴不开
望风景的人累了
只好望乡
望乡的人望见了
满目梅花

_96

我在这个春天
所经历的故事
是全新的
新的人物
新的情节
以及穿越故事
的心情的新鲜

可是时间
却给我那样的质感
这春天多像是
旧年中的春天
唐朝的某一年

_97

清晨让古寺满了
初日让高林空了
曲径让幽处满了
花木让禅房空了
山光让鸟性满了
潭影让人心空了
万籁让俱寂满了
钟磬让尘世空了

满即是空
空即是满

_98

晓随天仗入
暮惹御香归
岑参与杜甫
老老实实去上班

圣朝无阙事
自觉谏书稀
岑参与杜甫
踏踏实实去做官

白发悲花落
青云羡鸟飞
这是走神
偶尔的走神——

把他俩拉出来
做了好诗人

_99

你有没有这样的朋友
他风流天下闻

有，还不止一个
一抓一大把

你有没有这样的前辈
他迷花不事君

没有，实在是没有
一个也没有

_100

每一个蜀人
第一次出蜀
就仿佛白日里的初夜

童男子李白的第一次
渡出荆门以远
来到楚国神游

他看见——
山随平野尽
江入大荒流

看见月亮仿佛
天上明镜
云层里生出

海市蜃楼
他初次见到的东西
对他十分重要

在忘乎所以的时候

把长江视为故乡水
对他来说同等重要

_101

一个人
在一幅画里
送他的朋友

那幅画里有
青山、白水
城郭、孤蓬
浮云、落日
这些个玩意

画家在画上
题字——
浮云游子意
落日故人情

他忘记了
画进去一匹马
是游子的坐骑

当游子挥手而去时
那匹马萧萧嘶鸣着
声音像一只手
撕碎了这幅画

_102

弄一蜀僧
抱把名琴
西下峨嵋峰来弹
这是李白干出的事情

用松枝掏耳后
他便听到了万壑松声
让灵魂洗过流水浴后
身体变成了一口晚钟

这个从肉到灵的
享乐主义者
也无法阻止
碧山秋云融入暮色
黑暗漏出来黑色的光
将他照白

_103

总是在良辰美景中
想起古代的贤者
那些爱才之人
这一次的李白
牛渚西江夜
空忆谢将军
成为这些家伙的幕僚
李白的理想实在可笑
他如此深情地在诗中
记录下他们的名字
便让人家享有
这万古的尴尬

余亦能高咏
斯人不可闻
李白，你以后
能不能不这样

_104

国破山河在
城春草木深
A 说：这才是
杀人之利器啊
像一把真正的刀

感时花溅泪
恨别鸟惊心
B 说：刀算什么
此为一把剑
解风情的剑

烽火连三月
家书抵万金
C 说：刀剑杀人
菩提树亦可杀人
高在不见血

白头搔更短
浑欲不胜簪

D 说：非说杀人
最毒莫过妇人心
就用头上的簪子杀人

时为西元 1999 年
在成都的一条街上
一辆绿色的士
载着四位诗人
去参观杜甫草堂

_105

明月的清辉
将美人的玉臂
照冷了
起了浅浅的
一层鸡皮疙瘩

——说起来
你可能不信
竟是老杜甫
注意到这件事

至于他没有
把这当成
多大的一件事
则是另一码事

_106

未合之双眼
看见繁花隐在
皇宫两侧的垣墙之下
星临万户动
月傍九宵多

不寝之双耳
听见啾啾栖鸟过
静听开启宫门的
钥匙的声音
风声仿佛上朝者
碰响的玉珂

整夜未眠的杜甫
屡屡爬起询问时辰
生怕明日早朝迟到

_107

《至德二载，
甫自京金光门出，
间道归凤翔。
乾元初，
从左拾遗移华州掾
与亲故别，
因出此门，
有悲往事》

如此之长的一个标题
唤起了我对此诗的兴趣
如此之长的一个标题
败坏了我对此诗的兴趣

_108

戍鼓一敲
行人断了

秋日边境
孤雁哀鸣

露从今夜白
今夜恰白露

月是故乡明
因在故乡看

我在异乡天空
看见故乡月食

_109

对着凉风起兮的天尽头
怀想李白的
也只能是杜甫
设问鸿雁几时到
自答江湖秋水多

想着李白
这个文章憎命达的家伙
是在和屈原的灵魂对话
将诗篇投赠汨罗江
杜甫，难道你就不着急

I 服了 you
小小的 I
大大的 you

_110

在远送终有别的某处
是青山空复情的地方

今夜有如此姣好的月亮
她会追你追到死的

但我不敢保证
酒杯上残留的体温

还会等到你归来的手
将它重握

_111

尚且没有跪在友人坟前的经历
因为墓穴里安放着母亲的骨灰

也属于近泪无干土
低空有断云

曾有过与友人对弈的心境
可我却不懂得如何落子

也属于唯见林花落
莺啼送客闻

我只是空有一身剑术
既不能将之施与友人

又无法将腰间的宝剑解下
系在友人坟前的林梢

_112

是河岸边上的细草
让风吹成了微风的
孤舟让夜静了
高高耸立的桅杆
又使它清高起来

这时候
你会看见——
星辰坠落时有开阔的原野
月亮的嘴呕吐出浩大的江流

这时候
你看见的
是一位万念俱灰的老人
所看见的

_113

大地被河流切开
乾坤在日夜浮沉

亲朋无一字
老病有孤舟
关山外传来
战争的消息
栏杆上留下
诗人的泪滴

有一天
我要登上岳阳楼
遥望洞庭水
见证这一切——
时间以及
古代的诗情

_114

王维的晚年
倚杖柴门外
临风听暮蝉

落日是渡口
吞下的药丸
孤烟是村庄
新生的黑发
寒山转苍翠
秋水日潺湲

王维的晚年风度
是等待着
也盼望着
一个醉酒放歌的狂人
跑到近前笑他

_115

明月松间照
清泉石上流

写得静啊
写得空

竹喧归浣女
莲动下渔舟

静被打破
空亦不空

浣女是王维
看见的

在他看不见
的某处

归来的
是一头熊猫

我是说
在他自己的诗中

王维
也不该在场才是

_116

清川映着荒草
老马踏着古道
流水载着落花
落日照着暮禽
孤城临着野渡
隐者回到嵩山
这里的和谐
是如此被打破的
他老迈的公鸭嗓音
从草屋的窗口传出
“弄啥咧！弄啥咧！
快把门给俺
关上！关上！”

_117

终南山与长安
如此相近的事实
足以令人称奇
我也称奇
山山相连
直到海边
属于唐人的想象

白云在你
回望的一眼中合了
青霭是你走进去看时
没有的东西
分野中峰变
这山云那山雨的

当我又一次
踏入这座山时
我最怕遭遇的活物
不是老虎

不是狗熊

是王维隔着溪水

询问樵夫

“哪里有我的住处？”

_118

人老万事不关心
不必反省
自顾无长策
空知返旧林
不必宽衣解带
让松风吹着
不必独自弹琴
让山月照着
不必追问穷通之理
也不必回答
什么都不必

如果你听见渔歌
自远水深处传来
那就是听见了
如果你看见浣女
在清清溪边出没
那就是看见了
耳不聋来眼不花

_119

古木无人径
深山何处钟
寻着声波荡漾
在小径上的足印
你终于找到了
香积寺

在那里
泉水在危石下哭了
日色因青松冷了
薄暮时分的寺前古潭
在那水面平静的潭边
一位坐禅的高僧
刚刚屠戮了一条毒龙

_120

送一位友人去当官
然后写一首诗
把自个儿的颓废
都掖着藏着
写写风景
写写民情
想把自个儿的担心
都告诉友人
莫伸手
伸手必被捉
又怕友人不高兴
再说仕途当前
也有点晦气不是
那就只好如此
写写风景
写写民情

_121

王维
在汉江临眺时所看到的
是本来他就想看到的
江流天地外
山色有无中

古往今来
对幸福的奢望莫过如此
在襄阳有美丽风光
相伴的日子
他想与酒鬼共醉

_122

我在当朝一位
贪官污吏的家中
目睹过他亲笔
书写的如下对联
行到水穷处
坐看云起时

我不知道
东窗事发后
他是如何交代
他与王维的关系的
检察机关对此
所做的结论
又是怎样的

_123

在写给丞相的诗中
写到欲渡之人
总是没有船

究竟是什么意思呢?

在写给丞相的诗中
写到闲居之人
有愧于盛世

究竟是什么意思呢?

在写给丞相的诗中
写到垂钓之人
徒有羡鱼情

究竟是什么意思呢?

在我偌大中国
这样的朦胧诗
却无人说他读不懂

_124

江山大好
萋萋芳草
有一列队伍
消失在草的更青处
就这样
我也加入到那支队伍

只为在草丛之中
找到先辈某公的墓碑
以手抚摸上面残存的字
然后哭上一场
口中念念有词
心满意足地离去

就这样
这支队伍找到了前进的方向

_125

高卧林间愁春尽
那些假冒隐者的日子

道士的出现
仿佛青鸟使者的到来

在他山房的夜宴上
我遭遇到一种哲学

假如青春可以永驻
人真的可以长生不老

那么所有的放纵与颓靡
都将变得罪不可赦

_126

在你怀才不遇的时刻
(这种情况随时
都可能发生
任何人也无法逃避)
我希望你能记住
孟浩然老夫子的诗
“不才明主弃”
你一定要坚信
此非谦词
而是实情

不才明主弃
不才明主弃
不才明主弃
不才明主弃
不才明主弃
不才明主弃
不
才
明

主

弃

请你反反复复
像咒语一样默念这句诗
这样你就不会失去力量
而变成一代酸人中的一个

_127

就在上个月
我也像唐朝
抑或古代的诗人那样
过故人村庄
在田家饮酒
那是在二层农舍的阳台上
村边的绿树
远处的青山
我都看见啦
把酒话桑麻的鸟事
在座者也都干啦
只是重阳未到
不见菊花
在这个过程里
比较煞风景的是
我需要不住地拍着
自己的光腿
声若扇着别人的耳光
以对付乡间
嗜血的蚊子

_128

隐逸之诗做得多了
诗人们差不多
就搞忘了
现实是真要归去的话
还是需要一笔钱的
而此刻
当一个穷诗人
忽然意识到这一点
他有着夕阳落尽后
凉风吹来
耳听蝉鸣的悲哀

_129

我想使用猿啼
来表达一些情绪
可是终不敢

因为那样一种
原始的叫声
我早已听不见

你可别往环保上扯哦
你再那么瞎扯淡
我跟你急

_130

追逐仕途
失去女人

追逐女人
失去朋友

追逐朋友
失去知音

追逐知音
失去自己

那就什么
都别追了

原地待着
挺好挺好

_131

你有没有在寒冬初降时
看风景的习惯——

看看无边落木
看看飞雁南渡
看看北风把一江之水
吹皱了
吹冷了
吹硬了
吹冻了
乡泪客中尽
孤帆天际看

如果你没有
那就看一看
把发热的脑瓜
多往凉地举
有好处一二三

_132

一个古旧的台子上
来了一个满腹心事的人
叶子纷然落着
整个秋天
都被搬进了他的体内
遥望夕阳依旧垒
耳听寒磬满空林
惆怅着惆怅着
前朝往事
往下看
见到了
不朽的长江

——滚滚长江
独至今的不朽
在于它对人之
不朽的欲念
和对自我的发现
浑然不觉

_133

流落的将军
就要南归
他的十万大军
如今在哪儿呢

罢归无旧业
老去恋明时
舍生忘死的当年
只有他的剑知道
他的命与国相比
在他内心的天平上
究竟值几钱

而此刻
当暮色四合在
茫茫汉江上的时刻
他忽然不晓得
自己该去哪儿了

_134

送君——
在我和烟水之间
不见白帆的存在

送君——
在我和青山之间
不见飞鸟的存在

送君——
在我和五湖之间
不见落口的存在

送君——
在我和汀洲之间
不见白萍的存在

人生盛大的相送
能有几回
就让我这么送你

_135

寻道士不遇
可也不算亏
一路上他看到的所有
青苔、白云、芳草、松色
都有那道士笑微微的表情
且还免去了言语
多余的说话
溪花与禅意
相对亦忘言

_136

在岭猿同旦暮的天尽头
一个游子的悲哀在于
哪怕他托体为鸟
或者乘上热气球
也已经追不上
春回故乡大地的速度了
现在出发
也只能看见暮秋的姑娘
严冬的爹娘
于是他只好
选择了放弃

_137

来时像梦一样慢
去时比死还要快
有多少唐朝诗人
远送过日本僧人

_138

不是我——
是青竹顾影于新雨之后

不是我——
是青山自怜在夕阳落尽

闲鹭栖常早
秋花落更迟

家童把萝径扫干净了
只因我和故人有个约定

_139

在淮水之上喜会梁州故人
想起江汉曾为客
相逢每醉还
想起浮云一别后
流水十年间
欢笑亦如昨天
只是头上的毛，没了
两鬓的毛，白了

君问我为什么不肯归去呢
只因淮水边的大秋山
不
动

_140

在楚江暮雨中写一首诗
正是建业的晚钟敲响的时刻

我看见雨中湿重的帆
看见鸟儿飞得迟缓
不见海底的门
打开又合上了

相送情无限
可我本是无情物
在这样生离死别的时刻
也只能独自一人
朝着一个无底黑洞
坠
去

_141

一根竹子在风中早着
一座空城在月中晃着
秋夜长空
只有孤雁飞着

环境点染气氛
如此宏大的图景
只为写出——
在长安的一处民居中

一个翻山越岭
远道而来的朋友
在读主人的诗
向来吟秀句
不觉已鸣鸦

_142

道走白云到尽头
春与青青溪水长

时有落花至
远随流水香

在闲门通向的山道旁
深柳遮不住

从一所希望小学
传出的琅琅书声

白日里的阳光
白了孩子们的破衣裳

_143

江南故友偶集客舍的时刻
秋夜上空的月亮满了
照着京城的千门万户
他们一直在怀疑
这是在梦里

江南故友偶集客舍的时刻
风吹枝动惊飞鸦群
秋虫在淌露的草丛里哭泣
他乡长夜长醉不醒
最怕听到的是报晓的钟声

_144

故乡衰草遍地
生离死别的事
正赶得紧

为什么
道路总在寒云之外生长
归人总在暮雪时分
才姗姗而至

一个朋友对我说
我做孤儿太早
在多难中认识你
又太迟

然后他就哭了
风雪中掩面而泣

_145

离乱总是十年
命中偶然相见
即使有
不知会在这一天

多少沧海事
交付暮天钟
明日巴陵道
秋山又几重

长别离后相见
相见后又别离
叫人不胜悲喜

_146

故人江海别
几度隔山川

《云阳馆与韩绅宿别》
出自司空曙之手

古人总是在诗中与同性宿别
读起来真有点怪怪

在现代宾馆的标准房
我也常和男的同宿而别

但是从来不写
换了女的就更不敢写

_147

白发是生给谁看的
当然是生给爱你的人
她看了会心痛
懂得你在尘世
所受的煎熬
会怜惜
并不在乎的
一个事实是
你正老去
如此说来
白发是为爱情而生
也是为爱情而白

_148

他乡生出的白发
一到故国
就变黑了吗
唐代见到的青山
一到现在
就变秃了吗

晓月、繁星、寒禽、衰草

我纳闷于一个
唐代诗人
他的眼中
为什么会有那么多的风景
而今天的我
总是疲于经历人事

_149

古人怀念着更古的人
一个唐代的诗人
怀念着三国的英雄
爱哭鼻子的汉王

他说
得相能开国
生儿不像贤
他说
凄凉蜀故妓
来舞魏宫前

弄得跟真事儿似的
并且还动了真情
在我看来
这个行为更具诗性

_150

到吐蕃打仗去的兄弟
再也没有归来
他们被藏军打得
屁滚尿流
找不着北

遗弃的废帐
无人收拾
只有一匹逃回的战马
还识得残破的军旗

唐史不会记下
如此不堪的狼狈
它沉在唐诗的角落里
等我钩起

_151

为普通的草
写一首诗
说什么野火
说什么春风

为普通的草
写一首诗
提什么古道
提什么荒城

为普通的草
写一首诗
扯什么王孙
扯什么别情

为普通的草
写一首诗
对唐人来说
已是一首诗

_152

旅馆无良伴
屋内弥漫的淫秽气息
来自我的身体

凝情自悄然
冥冥中也有某种东西
它带着我向上走

小杜啊小杜
在同样的现场
难道你收获的仅仅是
一封隔年才至的家书

_153

萧萧红叶满地爬着
长亭外的酒瓢空着

风雨之色被山吸走
大河之音被海收走

长安遥遥
黄昏即到

一个进京做官的人儿
在潼关驿楼的题诗中

说他梦中留恋着自己的
打鱼砍樵生涯——你信吗

_154

一根纤指
弹出长夜的瑟音
西风吹拂着
大地的藤萝

残萤栖身白露间
早雁飞过秋天的银河
高树在晨雾中密集
远山在晴日里清晰

一叶落下
便知岁暮
有人在落叶上察觉
洞庭秋波起

_155

蝉在高枝
无以果腹
恨恨不平
徒劳鸣叫

五更疏欲断
一树碧无情

故园杂草丛生
一片荒芜
蝉把自个儿
叫成了人之警铃

_156

漂泊乃是无尽的漂泊
黄叶仍风雨
青楼自管弦

凄凉乃有无限的凄凉
新知遭薄俗
旧好隔良缘

凄凉的漂泊者
正行于长安往东的路段
心断新丰酒

却又忍不住问那小二
“彻底消愁的酒
得要几吊钱？”

_157

让我看那落花
当作一门功课

让我看那落花
小园里的落花
曲陌上的落花
落花，飘在
夕阳的斜晖里

让我看那落花
看到肠断
也不忍将它扫去
看到眼穿
也留不住
春的离去

让我看那落花
看得泪水涟涟
成为桥下流水

_158

在清凉的思绪中
看客人远走
波平栏杆
蝉声休止
露水满枝桠

在清凉的思绪中
永怀此季
倚立在光阴的流逝里
望长安
北斗那么遥远

在清凉的思绪中
我在天涯
天涯在妻子的梦里
她已占得
我另有新欢

_159

在茅屋中
寻访孤僧的最佳背景
也只能是西天残阳

人在落叶里飘着
路在寒云上走着
初夜里孤独的敲磬者
闲倚着藤杖一根

我爱
我恨
不过都在飞扬的微尘里

_160

荒凉的戍楼黄叶纷飞
浩然辞别故关的是你

高风吹着汉阳渡
初日又见郢门山

在那江上你找到了几多朋友
独自归来是天涯的一叶孤舟

何当重相见
我再以樽酒告慰你愁苦的离颜

_161

灞原风雨定
晚见雁行频

落叶落在他乡的树下
白露滴在空空的故园

寒灯下的读书人
与孤壁野僧为邻

猛抬头，惊回首
屋外有恐龙在吼

那是陇海线上
一列火车在走

_162

露气上寒光
来自山丘那边夕阳

猿啼洞庭树
人在木兰舟

明月起自广阔湖面
苍山夹着乱流几支

楚江怀古的人儿
不曾看见云中的屈原

_163

唐时的青冢
如沐春风
昭君睡得好
还没有起床

唐时的我
在抑郁中
开始骚动
风花雪月生

那年当我
辞别青冢时
衣上粘着一缕
可疑的青丝

_164

在乱山残雪的除夕夜
一个孤独的异乡人
在写着长长的家信
他发现渐与骨肉远
转于童仆亲
这要命的感觉
使一个漂泊者
开始厌倦
不堪这漂泊

新年正来到

_165

一只孤雁
是在一场
冰冷暮雨中
丢失了它的雁阵

想落在寒塘休息
却又惶恐迟疑
洲渚之上乌云低飘
只有边塞清冷的月光
追随着它

未必会碰上
猎人的射具
只是它飞着飞着
就开始怀疑起自己

_166

早被婵娟误
欲妆临镜慵
以宫女自比的文人
他怎么就敢这么想

承恩不在貌
教妾若为容
他这么想不就是用诗
把自个儿给骗了吗

想也就这么想了
骗也就这么骗了
诗圣的爷爷杜荀鹤

_167

古筝的琴弦
被她弹乱
长发飞扬

抑或是相反
暗合着芳草
在夜里的生长

一封家书
被南归的大雁
带去了相反的方向

她所苦苦
等待的归人
终于没有到来

_168

寻隐者不遇
寻隐者总是不遇

那一个只在此山中
云深不知处

这一个报道山中去
归来每日斜

寻隐者不遇
寻隐者总是不遇

遇一回又怎的
难道隐者就不似隐者

_169

昔人已乘黄鹤去
不如说
人还在，鹤去了
此地空余黄鹤楼
不如说
楼还在，人去了

人与鹤不在的空
留给千载的悠悠白云
留给晴朗江面
那映入眼帘的
汉阳的远树
留给鹦鹉洲的哑鹦鹉
以及遍地的萋萋芳草
也未可知

日暮时敢问
乡关在何处
在扬子江浩渺的烟波里
愁还在，人去了

_170

行经华阴的人
看太华俯长安
天外三峰削不成

武帝祠前的云
仙人掌上的雨
秦地关山的枕
驿路西连的床

借问路旁名利客
何如此地学长生
从长安到这里
路倒是蛮近的

_171

可爱的唐人
他们把边地上空的月亮
称为胡月
一个诗人如此写道
沙场烽火侵胡月

万里寒光生积雪
他们真正可爱的地方
还是惯于在寒光与积雪之间
所做的一次
小小的飞翔

_172

古人找寻知音的累
是来到先帝筑下的高台
选择一个天气晴好的日子

古人找寻知音的累
是他能够敏锐地发现三晋的云山北向
二陵的风雨东来

古人找寻知音的累
是他想找的奇人不知所终
河上的仙翁一去不回

古人找寻知音的累
是他就近去找那位彭泽县宰
对菊饮酒也不过是说说而已岂可当真的事

_173

晨起听到远行的游子
唱出的骊歌
昨夜天降微霜的时刻
你初渡黄河

在愁里不忍听到鸿雁
在客里不愿经过云山

莫见长安行乐处
在长安
是谁过着僧侣般的日子
在长安
谁是那日夜苦吟的诗僧

_174

凤凰台上凤凰游
凤去台空江自流

那一次的远行
他找到了什么
吴宫的花草
在幽径之下
晋人的衣冠
在古丘之下
三山半落青天外
白鹭洲分出了
长江与秦淮
那一次的远行
他没有找到朋友
只是感到了轻

李白金陵望长安
长安不见使人愁

_175

送
李少府
贬峡中
王少府
贬长沙

以上取自
高适诗题
由我来做
分行处理
自成为诗

_176

缅怀盛世的诗人
寻找着昔日的大明宫

我家就住在大明宫的后面
卖着香火的那家小杂货店

几块石板
时隐时现

据说从前
在这石板的上面——

金阙晓钟开万户
玉阶仙仗拥千官

只有经常上这儿来的家伙
方能写出《阳春白雪》般的曲子

长安不是我的家
我的家乡没有霓虹灯

_177

在皇帝的龙袍上
飞出了
一
条
龙

你
信
吗
此为诗人王维
亲眼所见
在大明宫早朝时

_178

王维拉着皇帝的手
就像拉着爹娘的手
自大明宫到兴庆阁道
渭水自萦秦塞曲
黄山旧绕汉宫斜
王维说：亲亲我的皇上
看我大唐江山如此多娇
引无数英雄竞折腰

后来他开始变得羞怯了
有点不好意思地说
皇上，您为乘阳气行时令
不是宸游玩物华

_179

积雨空林
烟火迟疑

漠漠水田
白鹭惊起

阴阴夏木
啼啭黄鹂

习于山中
静观木槿

朝开暮落
生之无常

王维野老
与世无争

翩翩海鸥
不来亲近

_180

幽闭的宫门
高耸的大殿
也是王维心中伟大的自然

它们挡住了落日的余晖
他还能够看见
桃李阴阴柳絮飞

可是——
省中啼鸟吏人稀
才是他真正操心的

夕奉天书拜琐闱
又是他真正想干的
可是的可是——

强欲从君无那老
无那就是
无奈的意思啊

_181

看不见——
映阶碧草自春色
听见了——
隔叶黄鹂空好音

世间风云多变幻
沧海一瞬变桑田
那么多的故事
真的发生过么

在锦官城外柏木森森的
英雄祠堂
英雄的泪
只为英雄而洒

_182

舍南舍北皆春水
但见群鸥日日来

缘何不扫花径
却又蓬门大开

集市远离
无甚好菜

因为家贫
酒是残酒

“谁与本夫共饮?
谁与本大同醉？”

那隔篱唤人的老儿
没错！杜甫

_183

西山白雪三城戍
南浦清江万里桥

那海内的风尘
那天涯的涕泪

我劝大师别上马
别自找不快

跨马出郊时极目
不堪人事日萧条

_184

白日放歌须纵酒
若在平时
这个句子
肯定是老李的
但在战后
它便属于老杜

青春作伴好还乡
则在任何时候
都只属于老杜

_185

落木是无边的落木，萧萧下
长江是不尽的长江，滚滚来

万里悲秋常为异客
一生多病独自登台

霜鬓是新染的霜鬓，不黑了
酒杯是新停的酒杯，不喝了

_186

当一朵花
开得比一座楼还要大时
花中定有一个伤心人

当万方多难
定会有一个人来到这里
独自登楼

那个人是这个人吗?

春色是天涯地角流出来的
浮云是一条龙
呵出来的

_187

清秋幕府
天井中一棵梧桐的寒冷
独宿成都
寒窗下一支蜡烛的凋残
长夜漫漫
来自城头的号角声不断
杜甫问：中天月色好谁看?

孤独啊！老子已经忍你十年了
——在后半夜发出如此嚎叫的
还是老杜甫

_188

好雪！好大的雪

白雪下面是黄土

黄土下面有白骨

_189

庾信平生最萧瑟
这是一种选择吗
谁敢于做出
这样的选择
想到此
我不免倒吸一口凉气

暮年诗赋动江关
又是一种必然吗
谁可以主宰
如此的必然
想到此
我不免喷出一口烈焰

_190

江山留下故宅
故宅留下
不朽文章

摇落深知宋玉悲
怅望千秋一洒泪
宋玉千年后杜甫
如今又逢千年后
那么还会有谁呢

我在悲秋之际
想起了这些
又在云雨之中
将世界忘记

_191

一去紫台连朔漠
独留青冢向黄昏
昭君琵琶
今夜重弹
听出了乡愁
听出了乡音
都是没错的
但如果真如
唐人所说
听出的
唯有怨恨
我大不以为然
如果她被留下
那弹自冷宫的
琵琶声里
又会有什么

_192

面对空谷
想象翠华
一如当年
面对翠华想象空谷

英雄的大殿
虚无着
虚无着
虚无着
虚无着虚无
在野寺与野寺之间

大殿杉松上
鹤在筑巢

_193

万古云霄之上
一
　根
　　洁
　　　白
　　　　羽
　　　　　毛
在
飘

那是
杜甫
眼中之孔明

_194

明月照大江
江上飞过的大雁
属于胡天

夕阳照淮南
淮南木落
楚山尤多

一个老人的
百感交集
是针对自己的

他在江州的
酒肆中人醉而歌
当得知已被皇帝召回时

_195

他的鼻子很灵
能够嗅出
哪里是无人之居
哪里是人去之所
不管已经
离去多久

当一个人怀念着
一个人
他一定也被人怀念着
不是彼此相互
我是说被另一个人
第三者

_196

汀洲无浪复无烟
怎么可能呢——

噢！这是一个小诗人
初到他的流放地

_197

小感觉——
二月黄鹂跃上林梢

还是小感觉——
春城紫禁绿树荫荫

逐渐加深的小感觉——
长乐宫的钟声
消逝在花之外

再度返浅的小感觉——
龙池柳色被一场雨的画笔
加重了颜色

重又加深的小感觉——
明媚阳光驱不散的
是我之穷途

而什么才是唐时
一个诗人的大志向呢——

献赋十年犹未遇
羞将白发对华簪

_198

唐时你我
在一朵花里诀别

能是宇宙中
多大的一件事

花早已谢
当朝新开的花儿

跟我们又有
什么关系呢

_199

稀疏的松影
落在空空的祭坛

在唐朝的夜晚

我想：没有
比这更平常的事了

_200

这属于——
男人的春思

躺在床上想打仗
心随明月到胡天

可是
可是——

高楼上逸出的花枝
却俯下身来

乐呵呵地
笑你独眠

_201

卢纶晚次鄂州

云开眼见汉阳城

还有孤帆一日的水路要走

白日梦里知浪静

众语夜话觉潮生

三湘大地鬓发逢秋

万里之外归心似月

战事已尽

人世还长

_202

在岭南
你的高楼连着大荒
你的愁思
海天一色正茫茫

在岭南
惊风动了芙蓉水
密集的雨
细织着木莲的墙

在岭南
是发育过度的树
遮蔽了我的千里目
江流曲似我的柔肠

在岭南
在此百越文身之地
音书受阻于他乡
生活在别处

_203

人世几回伤往事
是的，能有几回
扬子江是西塞山
流动的寒枕
流啊——

今逢四海为家日
是的，就在今晚
故垒西边
芦荻摇曳着秋天
摇啊——

_204

你是宰相的女儿
却自嫁我这
一无所有的穷鬼
看我无衣
你遍寻草箱
我无钱买酒
你就拔下
头上的金钗
野蔬充膳
落叶添薪
跟我将穷日子过到底

这不叫苦
人世间最悲惨的事
莫过如此
它真的发生了——
如今我年薪十万
却只能为你烧作纸钱

_205

昔日也曾戏言
身后如何如何
不想今朝都到眼前来

你留下的衣裳
眼看已被我施舍光了
你的针线还留着
可是我不忍打开
想你之时
也只能对你的丫头好了
梦你之时
也只能默默地烧点什么了

早就知道
这是人人都会有的长恨
但搁在你我这样
贫贱夫妻的身上
此痛还是来得过于致命

_206

每每闲坐
为你而悲亦自悲
百年是几年

你我无子是天命
我做悼诗空费辞
就让你我同穴
望穿来世姻缘

生前窘困的日子
叫你双眉不得展
今天你快乐吗

_207

田园寥落干戈后
骨肉流离道路中

吊影——
是对影较劲

抬头——
却见千里雁

辞恨——
可以分作九秋

仿佛——
断根的秋草

乡愁——
散居五地的乡愁

却是如此相同
在同一个夜晚

同一轮明月
照着同样的泪水

_208

一把好琴一把弦
每一根都系着
我的华年

我是庄生
是庄生梦见的蝴蝶
也是此梦
此梦之遗
我是望帝
是望帝托身的杜鹃
也是杜鹃
啼出之血
我是沧海月明
鲛人流落的泪珠
我是蓝田日暖
玉石化作的紫烟

让我把好琴弹乱
此情可待成追忆
只是当时已惘然
让我把琴弦弹断

_209

昨夜星辰昨夜风
画楼西畔桂堂东
李商隐
我能理解你
如果——
身无彩凤双飞翼
心无灵犀一点通
如果——
情字伤人
人也扯淡
那么一切
就变得分外简单
让我们隔着时间
但都朝着
一张粉脸
一身好肉的方向
操去

_210

我看见——
紫烟里藏着宫殿
荒城里藏着帝家

我看见——
日角里藏着玉玺
锦帆里藏着天涯

我看见——
腐草里藏着萤火
垂杨里藏着暮鸦

我看见——
一个亡君梦遇
另一个亡君

问及其宠妃
请其为之舞
《玉树后庭花》

_211

多情的人
以淡墨写情书
积思成梦
自梦中哭醒

多情的人
眼里有烛光
鼻中有麝香
脑海有幻象

前世多情的人
曾去蓬莱山中
寻访他
遇过的仙女

来是空言去绝踪
月斜楼上五更钟
古今多情的人

此一点相通

五更钟——多情

也就五更钟

_212

飒飒东风细雨来
芙蓉塘外有轻雷
在高速镜头里
一颗春心
与花齐放
不要放
不要放
因为
在下一个特写里
有一寸灰烬
据闻
是由一寸相思
烧成

_213

诗人李商隐
路过筹笔驿
留下一首诗
是不奇怪的
他在这首诗里
写到五个
有名有姓的人
一种鸟类、一架战车
一座城市、一尊庙宇
一支神来之笔、一篇锦绣文章
主要是为写诸葛亮

_214

想见的人
总是很难见到
而不想见的人
总是容易碰着

有时候
又会是这样的

不想见的人
也就碰不着了
那大概是
不想见得狠了

而想见的人
总是能够见到
那也是因为
想见得狠了

_215

穿着白衣帐卧
想念空空老地方

隔着春雨望红楼
你真的感到冷了

细雨如帘
独自归去的是你

远路为日落而悲
残宵犹得梦依稀

_216

最是那一低头的温柔
像一朵水莲花
不胜凉风的娇羞

羞啊羞
羞把羞给羞死了

寂寞深处
黄金的灰烬暗了

断无消息
家乡的石榴红了

好马只系垂杨岸
佳人何处待好风

_217

在巫山
与神女云雨后
的奇妙感觉：
看见小姑
居处本无郎
看见风波
不信菱枝弱
满鼻采自月露
桂叶般的体香
把我搞乱了呀
直道相思了无益
可是由不得自己
寡人惆怅
寡人轻狂

_218

空水。斜晖
苍茫。翠微

江上有马嘶鸣
看渡船归去

柳边有人歇息
待渡船归来

沙草里群鸥散去
江田上白鹭低回

我告诉他（它）们说：
“向范蠡同志学习！”

他（它）们都老老实实地
向我行注目礼

_219

长安向西
历次去茂陵
没有一次想到苏武
因为老是念及
霍去病

我还是在一个
唐朝的诗人嘴里
听说过这样的事——

当年苏武归来
曾在这里封侯授印
他因为再也
见不到武帝
而搞得哭哭啼啼

人到中年
我渐渐能够体会
他的悲哀——

北海牧羊
挺住意味着一切
他总以为有人
在暗中看着他
但其实是没有的

_220

妃子梳妆
在等皇上

等不来皇上
就写一首诗

那诗很臭
妃子很香

_221

我穷
我就没有自尊吗
我穷
我就应该受到伤害吗
我穷
我就没有高尚的情操吗
我穷
我就该为他人作嫁衣裳吗

——如上是在唐时
一位贫家女儿的天问

_222

在郁金香浸了酒
又和泥涂壁的屋子里

紫燕在玳瑁装饰的
梁上做窝

九月的捣衣声
催得木叶落了

长安的公主吹箫
引来满城的凤凰

月光流泻在少妇
迷乱的锦被上

_223

无人空山里的
众语喧哗

来自我满载
市声的双耳

和一颗
不肯脱俗的心

自北回归线
返程的太阳

高挂在正午的
森林之上

它的光芒
照不到的地方

青苔繁衍着
生殖的秘密

_224

独坐幽篁里
王维附我体

弹我手中琴
吹我口中哨

深林人不知
知也难知我

明月来相照
如照亲爱的

_225

我在将你送走
很久以后的
日暮时分
掩上我的柴门

春草年年绿
那是它魂兮归来
我不问你归不归
只问你在何处绿了

_226

告太平红豆生南国
问公主春来发几枝
愿君多采撷这红豆
此物最相思我王维

王维你可真够骚的呀
悄没声儿地弄出这首
千古一骚的诗

王维你可真够高的啊
将诗题于大明宫女墙
然后你就溜号

那就不相思也相思啦

_227

君自故乡来
应知故乡事

你动身前来的那天
我家窗前的寒梅
开了没有

开了
没有

_228

归隐者
你要用身体去体会
山川的深浅
须尽丘壑的美丽

这就是我要告诉你的
没别的了

_229

雪落终南山
之后
阴岭的秀色
以及
山上积雪
似在云端
漂浮的美景
其实
我们都看不见
这一日
我们从长安城中
走过
看到路上行人
甚或马匹
都不由自主地
缩了缩脖子

_230

孟浩然宿建德江
将船停泊在
烟雨蒙蒙的小洲
到了黄昏时分
他心中的愁绪
又添了些新的

他开始有所发现
原野空旷无际
高天比远树还低
明月倒映在
清澈的江里
首先和游泳的人
建立起亲密关系

_231

诚如落花诉说着
昨夜的风雨
晨起的人
都愿意为我们
讲述夜里的故事
他的梦
他的醒
他的睡眠
他的无眠
他看到的风景
他听到的动静
他想起的故人
他记起的往事
他下定的决心
在春天的早晨

_232

我想我们都是从
这片明月的光中
走进唐——走进
这个本应建立在
月球上的帝国
我之原乡

那明月之光
不论是床前的
抑或是窗前的
从来都不那么重要
反正都像地上白霜

我们举头干了什么
我们低头又干了什么

_233

李白的故乡
李白的姑娘

李白的月亮
李白的美人

李白的姑娘
在李白故乡

李白的美人
在李白月亮

深坐颦蛾眉
但见泪痕湿

骚骚的李白
明知还故问

不知心恨谁
那还能有谁

李白的人儿

自然恨李白

_234

杜甫写长江
水上诸葛亮
功盖三分国
名成八阵图

杜甫的伟大
还是在水下
他松垮的眼袋里
还是装下了
江底最大一块
岿然不动的
石头

_235

在我的画板之上
白吞没于青
黄搅乱了蓝
那是
白日依山尽
黄河入海流

五彩缤纷
风景迷乱
千里目欲穷
尽那份乱
则当
更上一层楼

_236

你在题赠僧人的诗篇里
还是写到了庙宇

写到暮色四合时
苍苍竹林寺

你说晚钟响了
僧在写诗

斗笠带回夕阳
最后的余晖

在这苍茫时刻
无腿的青山

也狂奔而来
揽你入怀

_237

你在泠泠七弦上
静听松风的寒冷

那是自时空的背面
伸过来的玉手
弹痛了你的神经

并非是
古调自爱的赏玩

——是灵魂
被奏响之后的音乐
让你觉着自个还是一把

好琴

_238

孤云将野鹤
岂向人间住

买一座空山
作隐居之用

花更多的钱
可买座名山

在著名的隐处
做著名的隐者

面对这位朋友
连唐人都笑了

甚至比我更放肆
哈哈哈哈哈乎后

_239

一个人
在秋夜里怀念着
他的弟弟

他在户外
散步之时
吟咏着秋天的凉意

他听见
空山里松子在落
就断定阿弟还没睡着

_240

如此掌故深入浅出
直通人性

当你走向弹琴的少女
当你静立在其身旁
你要仔细谛听
心无旁骛

听她弹出的音符
有无简单的错误

听你有没有戏

_241

古今最悲哀的事
都莫过如此——

你的姑娘
做了别人的新娘

同一种悲哀
你不便说出来

人家的姑娘
做不了你的新娘

_242

家是裙带自解的
万种风情

家是铅华不弃的
女儿味道

家是艳体诗
最绚丽的一行

家是家
最温馨的色情

_243

千山鸟飞绝
我感觉
是鸟飞绝后
山才现

你看见
一条孤舟
一身蓑衣
一只斗笠
一个老叟

他一人
钓起了
一面江
抑或是
一江雪

仍旧是我感觉

_244

花儿为什么这样红
是寂寞让它这样红

同样的道理
寂寞让你如此美丽

_245

长安晚来的天空
一副欲雪的模样

守在红泥小火炉的旁边
等着那愿意来陪我
喝一杯的主儿

可他骗了我
说好但没来

_246

故国三千里
深宫二十年

起义军
将一把匕首

递给了太监
让他转交给

宫中的女子

_247

让心中的不快
向晚
驱车登临乐游原

长安在南
在黄昏
在无限好的夕阳里

有一对千古绝句
正等着你
商隐李

_248

松下问童子
童子小骗子

此山之中
云深之处
是个什么
鬼地方

寻隐者不遇
又不遇
永不遇

_249

近乡情更怯
不敢问来人

因为故乡
这只子宫

在我离开之后
已经变得

空空
如也

_250

打起黄莺儿
莫教枝上啼
啼时惊妾梦
——停!

亲爱的老师
我有一个问题
在唐朝
为什么
怨妇诗
一般都出自
男人之手

_251

星辰尚未被隐喻以前
一个人人都懂得
抬头望一望
北斗七星的国家
是怎样的国家

_252

假如你先生来自
秦淮河畔
是否看见我的爱人
她住在一个
叫横塘的地方
停下船来
问有无同乡
有谁知道
我之去向

_253

唐时的爱人
对我说——
小时候
我可不认识你
错过了你
也一定
十分精彩的
小时候
但好在
错过的并不太多

_254

当玉阶生出白露
露水便打湿了
李白的鞋袜
回到家中
放下水晶珠帘
他和月亮的关系
又有点不清不楚了
他望明月而此刻
玲珑秋月照中国

_255

独立扬新令
千营共一呼

唐朝大将军
像只花蝴蝶

_256

林暗草惊风
将军夜引弓

把一块巨石
当成了猛虎

_257

月黑雁飞高
单于夜遁逃

雪花仿佛梅花
在将士的剑上盛开

_258

野幕敞琼筵
羌戎贺劳旋

醉酒的将士
与金甲共舞

_259

江南曲中妇人怨

嫁给瞿塘的商人
朝朝误我
定的归期

早知潮有信
干脆嫁给
弄潮的渔夫算了

牢骚牢骚莫当真

_260

不光是在唐朝
每一个
在老大不小的时候
自异乡返回故乡的人
在故乡的村口都会
遇到一个脏兮兮的小孩
(那模样仔细看一定
很像儿时的自己)
笑问客从何处来

_261

飞桥面对野烟的疑问
被石矶提给了渔船

桃花落尽之日
必有流水出现

洞在青溪何处边

_262

独在异乡为异客
每逢佳节倍思亲
兄弟们，就让我
自作多情地想象吧

当你们发觉
斟满酒杯少一人
那正是——
我想念你们的时刻

_263

那仿佛就在唐朝
当一位女子
在她送我的一帧
玉照背后题字

“一片冰心在玉壶”

读罢我竟十分失望
那一刻
我真希望
她能够脏那么一点啊

_264

闺中少妇不知愁
春日凝妆上翠楼
猛抬头
看见大路尽头
杨柳青青
叫人心动的颜色
就对自己
鼓动老公
上京赶考
求取功名的
所作所为
后悔不迭

_265

昨夜春风
吹开了宫井旁
灿烂的桃花
大明前殿上空
一轮明月高挂
公主的一个舞女
由于舞跳得好
便得到皇帝
赐予的一件华袍
这件事
受到历史的质疑

_266

我的葡萄美酒
在我的夜光杯中

你的琵琶
在你的玉手里

夜光照见你
嫣然的一笑

虚无的一笑
让生命虚无

美人，正是那一笑
叫我不想回来了

能回来也不回来了
我想为你去死

_267

又见长江天际流
当我无以为托的时候
总能看见这长江
在故人西辞的黄鹤楼
孟浩然这家伙
他趁烟花三月下扬州

我知道
连长江也是靠不住的
流水长
长流水
终归只是一江流水

_268

盛大的欢乐
绝非空穴来风

李白在清晨
在彩云之上
辞别了白帝城
在一日之内
到达千里之外的
江陵

那是他的大赦之日
一下子
捡回一条命的日子

在船头
生命的庆典上
他喜泪交流而泣而歌
两岸猿声啼不住
轻舟已过万重山

_269

在故园东望的
漫漫旅途中
人与人
马上相逢无纸笔
凭君传语报平安
我想知道的是
他们的马
相互之间
又说了点儿什么呢

_270

和一位宫廷乐师的友谊
是在他的音乐里
还是在自己的诗中

杜甫是叫朋友
特有面子的人
他如此写道——

正是江南好风景
落花时节又逢君

_271

山涧带来幽草
深树带来黄鹂
春潮带来雨夜
横舟带来渡人

——世间万物
如此这般
被一幅画
吸纳成景

_272

当明月自沉为乌啼
独对霜天

当江枫自燃成渔火
独对愁眠

姑苏城外寒山寺
就是寒山拾得所待之寺

夜半钟声到客船
化为一江春水神秘的笑纹

_273

长安之春
美女如云
无处不飞花
大师们同在
一朝一代
一街一巷
数不胜数
丢在人堆里
一个也认不出来
一块板砖拍下去
就能砸死好几个
平常巷陌里
他们以俗人之形
以酒徒、嫖客
炼丹术士之象
悠然现身

_274

半个月亮爬上来
只能照见半边庭院
半边河山
半边大地
今夜里半边春气的暖意
半边虫声
从半边绿窗纱上
透过来……

半个月亮爬上来

_275

落日隐没纱窗
黄昏正在来临

没有什么
照着冷宫
也无人看见
宫女脸上的泪痕

晚春
是春欲晚的意思
而寂寞就是寂寞

梨花满地
梨花满地
是无人扫的意思

_276

白雪白
青冢青
黄河黄
黑山黑
有一个灵魂
在北方大地
徘徊
被我视作
这辽阔帝国
不死之魂

_277

玉楼天半起笙歌
宫嫔的笑语
把和风搞得更软了

可也有人
将目光随月影
从殿上移开——

耳听滴滴夜漏
卷帘眺望银河

_278

白沙似雪
明月如霜

不知从哪儿
传来的笛声

将征人望乡的
目光吹亮

_279

旧时王谢堂前燕
飞入寻常百姓家

诗人的惊奇
叫我惊奇不已

他的这点小发现
让我宁愿无所发现

让我体会到有时
浑然不觉才有真诗

_280

一女子
新妆宜面
下得红楼

春光深锁
她有
一院哀愁

她在院落
仔细
数着花朵

蜻蜓
飞上
玉簪头

这个春天
仿佛蜻蜓
鼓胀的眼

_281

写罗巾上的泪水
写前殿传来的
夜半歌声
写那宫女——
红颜未老恩先断
斜倚熏笼坐到明
唐朝的诗人
怎么个个都像是
在后宫的现场
混过似的
(以太监的身份吗)
即使白居易
也未能免俗

_282

月光涂白
禁门宫树

媚眼唯看
栖宿白鹭

斜拔玉钗
灯影摇曳

挑开红焰
救出飞蛾

_283

太阳照耀
长生殿

红树之花
灼灼开

昨夜老皇
刚入道

佳人含笑
入帘来

_284

不施脂粉
淡扫蛾眉的夫人
平明骑马入宫门

有时候
历史就是这样
被一只闷骚的
狐狸所改变的

没准儿
她们该算是
女人中的女人

_285

渡口有小楼
有楼自有人愁

一宿行人
原本就是一干骚人

他们看见
夜晚的江面——

落潮后的江月
斜挂天空

人仿佛就在月亮上
他们明日要去的地方

不过是月亮底下
二三星火

_286

寂寞花时
院门紧闭

美人并立
琼轩之前

含情欲说
宫中荒凉

当鹦鹉面
岂敢言语

_287

恐怖的太恐怖的
滑稽的太滑稽的

这是一个人
临近科考时的心情

是科考将他逼成了
一个新媳妇——

妆罢低声问夫婿
画眉深浅入时无

_288

清平之年
如此悠闲
我是无能之辈

杜牧是我
小杜我爱着
孤云、僧侣

一个闲人
就要到湖州
上任去了

此刻
我在乐游原上
望昭陵

_289

赤壁！赤壁！

沉沙中折戟
铁未销
我将之磨洗
出前朝

在下杜牧以为
假如东风
不给周郎
行方便的话

那么大乔小乔
都将在
铜雀台中
沦为曹贼的性奴隶

赤壁！赤壁！

_290

“商女不知亡国恨
隔江犹唱《后庭花》”
不论是谁
在什么时间
什么地点
吟诵起如上两句诗
都十分可耻
他的嘴脸
一定难看
我的意思是
让女人快活吧
否则——要男人做甚

_291

在青山隐隐水迢迢
的人境边缘
看秋尽江南草木凋
闭了眼便在
二十四桥明月夜
的仙境里了
问玉人何处教吹萧
小杜啊小杜
这下爽呆啦

_292

落魄之人在江湖
载酒载歌而行
到夜里
搂杆细腰好睡觉
一觉十年
扬州梦

就让婊子们骂我吧
做个流氓好快活

_293

银烛秋光
令画屏冷
在七月七日的晚上

轻罗小扇
追扑流萤
在七月七日的晚上

天街月色
泼洒成冰
在七月七日的晚上

牛郎织女
全然无知
在七月七日的晚上

谁抬头谁就将沐浴
那无穷的凄凉之水
在七月七日的晚上

_294

娉娉袅袅
你的美丽

豆蔻梢头
你的美丽

春风十里
你的美丽

美人美人
美丽之人

你让厌世者
收回了轻生
决定的美丽

你让快乐者
生不如死的美丽
谁叫他爱上了你

_295

多情却似总无情
在话别的酒杯前
人是没有笑颜的

人对蜡烛的善待
是将它也说成是
有心之物
替人垂泪到天明

_296

经历过多少繁华
已化作香尘一缕
有道是——
流水无情草自春
谁是流水谁是草
又是流水又是草

在日暮时分
东风吹来
哀怨的鸟啼
即使这样
强要把坠楼之美人
比喻成落花的写法
也是我所不能了解的酷

_297

在现在的时间里
谈起未来的时间
在未来的时间里
谈起现在的时间

在唐朝
我的祖先
祖先中那些伟大智者
早已高妙地玩着时间

_298

嵩山的云
想念着秦川的树
洛阳想念着长安
那越过故园旧友的想念
落在长安以西
落在茂陵
落成茂陵的一场秋雨
秋雨中司马相如一病不起

_299

在唐朝
身为官员的夫婿
赶去早朝后留空的
香被中也有一首诗
诗意被其娇妻掌控
人生苦短
春宵更短

_300

前朝的皇帝南游
想拦都拦不住
这事过去很久了
当时曾惊扰中国
现如今
被一个诗人记起
被人心

_301

在唐人增构的神话中

在瑶池
西王母开窗
扑面而来歌声悲凉

日行三万里的
八匹骏马
也带不来周穆王

在唐人增构的神话中
宣告过仙人的死亡

_302

在唐人增构的神话中

在云母镶嵌的屏风之上
风中摇曳的烛影在加深
银河渐落　星辰隐没

碧海青天夜夜心——美丽嫦娥
开始有此悔意：干吗搁人不做
要偷吃后羿讨来的不死仙药啊

在唐人增构的神话中
宣告过仙子的死亡

_303

像贾谊那样多才
贾生才调更无伦
像贾谊那样清高
宣室求贤访逐臣

像贾谊那样
口若悬河
天花乱坠
搞得皇帝老呆
不问苍生问鬼神

唐人对贾谊
没我想得通
对那呆皇帝
先蒙住再说

_304

欲梦不成的现实
在冰簟
在银床

在如水的碧天上
夜晚的云
自轻着

雁声远去的地方
在潇湘
在江上

在昆仑十二楼间
中国的月
自明着

_305

数年以前
我在一场
淅淅沥沥的秋雨中
到过马嵬坡
自杨陵而来
当时肠胃已满
胸怀已满
脑瓜已满
我搜肠刮肚
最终从一首诗中
找出几个字
来武装自己
以使自己
配得上
四周景致
“圣明天子
云雨难忘”

_306

碧阑干外绣帘垂
猩血屏风画折枝
八尺龙须方锦褥
一个诗人说：已凉
他指的是天气已凉
他说：已凉天气未寒时
说的是心情：已凉

_307

江雨霏霏
芳草萋萋

晚唐金陵
六朝如梦

飞鸟空啼
翠柳无意

绿烟笼罩
十里长堤

男子素手
艳词丽句

_308

陇西行　陇西行
可怜无定河边骨
犹是春闺梦里人
那白骨自己
也会做梦
梦见相梦之美人
那白骨
因梦欲而生长
自黄土中爬出
沿着河流
爬回故里

_309

在分手之后
的梦境里
我还到过恋人的家

小廊回环
曲阑斜
都和先前一样

那是春天
庭院之上
多情的月亮

固执地照着
为落单的我
照着满地落花

_310

游子吟　游子吟
寒食到　清明近
春雨浓　春草深
春风吹　春苗醉
春柳垂　春堤睡
只是有家不得归
一只啼血的杜鹃
还一口咬掉了
我
耳
垂

_311

在渭城送你
在秦时的咸阳老城送你
清晨的雨
落而绝尘
雨后的客舍青青如许
柳色新鲜
等你再吃一杯酒
我就讲出我的道
西出阳关没有我
不仅如此
在我们每个人
所投奔的远大前程
和一意孤行的
死路一条上
都不会有故人相随

_312

在中国的天空下
秋月初生
夜露微凉
一个美丽女子
轻罗已薄
却无意加衣
她心怯空房
不忍归的背景
被我们有意忽略
却只见她——
殷勤地弹奏银筝
将此月色弹奏得
愈加深沉
就是这样一件事
单纯之美
似乎才是老中国

_313

在夜的另一边
宫墙的里面

一个宫女在抱怨
自个儿不及寒鸦的容颜

当美丽被堆积遭闲弃
如同垃圾

寒鸦的翅膀
还能扇着月光飞翔

_314

秦时明月汉时关
汉时明月秦时关

秦时关隘汉时月
汉时关隘秦时月

秦汉关月唐时诗
唐时关月今日诗

_315

黄河在天上追击白云
人在孤城
城在万仞山间

一支羌笛
能把自己
吹成一枝杨柳

但却无法吹出春风
吹出了也是吹不到
玉门（郁闷）关的

_316

奉命而作亦能语出惊人
那便是云想衣裳花想容

云想你的衣裳
花想你的容
也可能是
云想云的衣裳
花想花的容

国母啊国母
亲爱的国母
我不是在群玉山头
跟你遇过
就该在瑶台月下
与你相逢
怎么着咱俩都会有一腿的

_317

将国母比作一枝
红艳带露凝香的牡丹
还煞费苦心地关怀着
她的房事状况
云雨巫山枉断肠
你说我活得累不累

贬前朝之美人
来衬托其美丽
说什么赵飞燕只能画过
新妆才能与之相比
也就那么胡乱一说吧
反正前朝的美人
统统变成骷髅啦

_318

名花美女
两相看
两相欢
没那君王什么事儿

春风里有无限恨
吹拂着千年后的
那个黄昏
那个少年
沉香亭北倚阑干
等待着他的小美女
在花丛中出现

那次终无结果的等待
不过是为了这首长诗

_319

巨制完成的黄昏
是爱子雨伦
放假回家
的第三日
下午以后
他一直待在客厅里
做寒假作业
暮色降临时
窗外的风景
弥漫着时间
琅琅的读书声
自我家的阳台上响起
“劝君莫惜金缕衣
劝君惜取少年时
花开堪折直须折
莫待无花空折枝”

2002.01_2003.01_写于西安

2003.02_2003.07_初次修改

2003.09_2003.11_再次修改

图书在版编目（CIP）数据

唐 / 伊沙著 . —杭州：浙江文艺出版社，2016.12
（伊沙诗集）
ISBN 978-7-5339-4732-3

Ⅰ．①唐… Ⅱ．①伊… Ⅲ．①诗集—中国—当代
Ⅳ．① I227

中国版本图书馆 CIP 数据核字（2016）第 288683 号

责任编辑：闻　艺
特约监制：李淑敏
特约编辑：李柳杨
封面设计：周伟伟

唐
伊沙　著

出版发行　浙江文艺出版社
地　　址　杭州市体育场路 347 号　邮编 310006
网　　址　www.zjwycbs.cn
经　　销　浙江省新华书店集团有限公司
印　　刷　河北鹏润印刷有限公司
开　　本　889 毫米 ×1194 毫米　1/32
字　　数　172 千字
印　　张　11.75
插　　页　2
版　　次　2016 年 12 月第 1 版　2016 年 12 月第 1 次印刷
书　　号　ISBN 978-7-5339-4732-3
定　　价　59.00 元

磨铁读诗会